国家出版基金项目
NATIONAL PUBLICATION FOUNDATION

记住乡愁

——留给孩子们的中国民俗文化

刘魁立◎主编

张成福◎著

第六辑 口头传统辑（二）

民间谜语

本辑主编 杨利慧

黑龙江少年儿童出版社

编委会

序

　　亲爱的小读者们，身为中国人，你们了解中华民族的民俗文化吗？如果有所了解的话，你们又了解多少呢？

　　或许，你们认为熟知那些过去的事情是大人们的事，我们小孩儿不容易弄懂，也没必要弄懂那些事情。

　　其实，传统民俗文化的内涵极为丰富，它既不神秘也不深奥，与每个人的关系十分密切，它随时随地围绕在我们身边，贯穿于整个人生的每一天。

　　中华民族有很多传统节日，每逢节日都有一些传统民俗文化活动，比如端午节吃粽子，听大人们讲屈原为国为民愤投汨罗江的故事；八月中秋望着圆圆的明月，遐想嫦娥奔月、吴刚伐桂的传说，等等。

　　我国是一个统一的多民族国家，有 56 个民族，每个民族都有丰富多彩的文化和风俗习惯，这些不同民族的民俗文化共同构筑了中国民俗文化。或许你们听说过藏族长篇史诗《格萨尔王传》

中格萨尔王的英雄气概、蒙古族智慧的化身——巴拉根仓的机智与诙谐、维吾尔族世界闻名的智者——阿凡提的睿智与幽默、壮族歌仙刘三姐的聪慧机敏与歌如泉涌……如果这些你们都有所了解，那就说明你们已经走进了中华民族传统民俗文化的王国。

你们也许看过京剧、木偶戏、皮影戏，看过踩高跷、耍龙灯，欣赏过威风锣鼓，这些都是我们中华民族为世界贡献的艺术珍品。你们或许也欣赏过中国古琴演奏，那是中华文化中的瑰宝。1977年9月5日美国发射的"旅行者1号"探测器上所载的向外太空传达人类声音的金光盘上面，就录制了我国古琴大师管平湖演奏的中国古琴名曲——《流水》。

北京天安门东西两侧设有太庙和社稷坛，那是旧时皇帝举行仪式祭祀祖先和祭祀谷神及土地的地方。另外，在北京城的南北东西四个方位建有天坛、地坛、日坛和月坛，这些地方曾经是皇帝率领百官祭拜天、地、日、月的神圣场所。这些仪式活动说明，我们中国人自古就认为自己是自然的组成部分，因而崇信自然、融入自然，与自然和谐相处。

如今民间仍保存的奉祀关公和妈祖的习俗，则体现了中国人崇尚仁义礼智信、进行自我道德教育的意愿，表达了祈望平安顺达和扶危救困的诉求。

小读者们，你们养过蚕宝宝吗？原产于中国的蚕，真称得上伟大的小生物。蚕宝宝的一生从芝麻粒儿大小的蚕卵算起，中间经历蚁蚕、蚕宝宝、结茧吐丝等过程，到破茧成蛾结束，总共四十余天，却能为我们贡献约一千米长的蚕丝。我国历史悠久的养蚕、丝绸织绣技术自西汉"丝绸之路"诞生那天起就成为东方文明的传播者和象征，为促进人类文明的发展做出了不可磨灭的贡献！

小读者们，你们到过烧造瓷器的窑口，见过工匠师傅们拉坯、上釉、烧窑吗？中国是瓷器的故乡，我们的陶瓷技艺同样为人类文明的发展做出了巨大贡献！中国的英文国名"China"，就是由英文"china"（瓷器）一词转义而来的。

中国的历法、二十四节气、珠算、中医知识体系，都是中华民族传统文化宝库中的珍品。

让我们深感骄傲的中国传统民俗文化博大精深、丰富多彩，课本中的内容是难以囊括的。每向这个领域多迈进一步，你们对历史的认知、对人生的感悟、对生活的热爱与奋斗就会更进一分。

作为中国人，无论你身在何处，那与生俱来的充满民族文化DNA的血液将伴随你的一生，乡音难改，乡情难忘，乡愁恒久。这是你的根，这是你的魂，这种民族文化的传统体现在你身上，是你身份的标识，也是我们作为中国人彼此认同的依据，它作为一种凝聚的力量，把我们整个中华民族大家庭紧紧地联系在一起。

《记住乡愁——留给孩子们的中国民俗文化》丛书，为小读者们全面介绍了传统民俗文化的丰富内容：包括民间史诗传说故事、传统民间节日、民间信仰、礼仪习俗、民间游戏、中国古代建筑技艺、民间手工艺……

各辑的主编、各册的作者，都是相关领域的专家。他们以适合儿童的文笔，选配大量图片，简约精当地介绍每一个专题，希望小读者们读来兴趣盎然、收获颇丰。

在你们阅读的过程中，也许你们的长辈会向你们说起他们曾经的往事，讲讲他们的"乡愁"。那时，你们也许会觉得生活充满了意趣。希望这套丛书能使你们更加珍爱中国的传统民俗文化，让你们为生为中国人而自豪，长大后为中华民族的伟大复兴做出自己的贡献！

亲爱的小读者们，祝你们健康快乐！

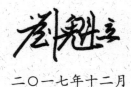

二〇一七年十二月

目 录

什么是民间谜语？

什么是民间谜语？

什么是民间谜语？民间谜语一般称为谜语，是我国民间文学的一种特殊形式。民间谜语的内容丰富多彩，就像浩瀚的民间文学海洋中的一朵朵浪花，有的通俗，有的高雅，有的隽永，有的耐人寻味……民间谜语经过一代代流传，最终成为人们喜闻乐见的文学形式。

从孩子懂事起，大人就用简单的谜语来开发孩子的智力，教他们认识周边的事物及其特点。在孩子上幼儿园的时候，就开始接触一些简单的谜语。如：

小朋友猜谜语

3

谜底：手指

一个黑孩，从不开口，要是开口，掉出舌头。（打一食物）

谜底：瓜子

屋子方方，有门没窗，屋外热乎，屋里冰霜。（打一电器）

谜底：冰箱

|幼儿园的孩子在猜灯谜|

五个兄弟，住在一起，名字不同，高矮不齐。（打一器官）

在家里，爷爷、奶奶、姥爷、姥姥、爸爸、妈妈也

|谜语|

会给孩子出一些谜语。如：

麻屋子，红帐子，里面住着白胖子。（打一食物）

谜底：花生

兄弟七八个，围着柱子坐。大家一分手，衣服就扯破。（打一食物）

谜底：大蒜

从那边来了个姓黄的，一头扎进树行里。（打一动物）

谜底：知了猴

从那边来了个姓黑的，一头扎进粪堆里。（打一动物）

谜底：屎壳郎

大屋套小屋，小屋没窗户。（打一物品）

谜底：蚊帐

每当这个时候，孩子就会安静下来，为猜出谜底而绞尽脑汁。猜出谜底时，他们会兴奋得欢呼雀跃；猜不出来时，则会显得十分苦恼；当得知谜底时，便惊喜地睁大了眼睛，频频点头。你看，谜语就是这么奇妙。

随着年龄的增长，孩子对谜语的认识更多、更深刻。升入小学的孩子就能猜一些稍有难度的字谜了。如：

左边绿，右边红，左右相遇起凉风。绿的喜欢及时雨，红的最怕水来攻。

书本里的字谜

④ 猜字谜

（一）

左边绿，右边红，
左右相遇起凉风。
绿的喜欢及时雨，
红的最怕水来攻。

四个字，孩子在充满趣味的学习过程中，既锻炼了逻辑思维，又学会了生字。通过猜简单的字谜，可以激发孩子强烈的探索欲和求知欲，使孩子爱上谜语，爱上汉字，爱上博大精深的中国传统文化。

在老师的引导下，孩子运用发散性思维，将学过的字和谜面一一对应，一步步猜出谜底，原来是学过的"秋"字。接下来，老师会给孩子增加一点儿难度。如：

"言"来互相尊重，"心"至令人感动，"日"出万里无云，"水"到纯净透明。

老师会引导孩子在"青"字的基础上，逐步学会并猜出"请""情""晴""清"

谜语来源于民间，是人们运用智慧创造出来的。以前，在农闲季节和农忙间隙，人们常常聚到一起猜谜语取乐。这些谜语大都和日常生活、农业生产相关。如：

早上工，晚下班，急急忙忙把路赶；一年三百六十天，没有一日敢休闲。（打一物体）

谜底：太阳

青石靠青台，花在石上开，是花都有叶，你往无叶上猜。（打一物体）

谜底：雪花

小时青，大时黄，老来变得金灿灿，家中如果缺了它，饿得肚皮贴脊梁。（打一农作物）

谜底：小麦

一个虎，一个豹，一个压着一个跳。（打一物品）

谜底：铡刀

如今，在人们的文化娱乐活动中也离不开谜语。一些单位在联欢会等活动中设置谜语竞猜环节，既丰富了单位的文化生活，又增强了领导与员工之间的交流。在文学作品、影视剧里我们经常看到这样的场景：元宵佳节，街道上灯火通明，到处都挂着红彤彤的灯笼，人们围在一起赏花灯、猜谜语，欢天喜地闹元宵。有一则谜语的谜面是这样的：

我也不是千金小姐，

我也不是月里嫦娥，

我一开口，定叫你苦苦想我。（打一游戏）

这则谜语的谜底就是"猜谜"。谜面生动地表现出了谜语在人们的文化生活中的地位，它能在开发人的智力的同时，给人带来欢乐。

民间谜语来源于生活，既富有哲理，又不失趣味，猜谜语是一种雅俗共赏的群众文化活动。它源自中国古代民间，历经数千年的演变和发展，是劳动人民创造的文化产物，是勤劳和智慧的结晶。民间谜语流传较广，在不同的地方有不同的叫法，如山东民间把猜谜语叫作"猜闷儿""破闷儿""破谜"等；在浙江慈溪，人们把猜谜语叫作"猜

|万条高悬的
谜语|

苗子"；青林寺村被称为"中国谜语村"，村民们把谜语称作"灯拨子"，把猜谜语叫作"打灯拨子"；客家民间称猜谜语为"团靓"或"打典"。

中国古代将谜语称作"庾辞""隐语"。"庾"，隐藏、藏匿的意思。可见，谜语就是把话语中的含义隐藏起来，用其他的说法巧妙地表达出来。南北朝时期的文学家刘勰在《文心雕龙·谐隐》中说："谜也者，回互其辞，使昏迷也。"又说："君子嘲隐，化为谜语。"由此可知，结合隐喻、形似、借代、暗示或其他隐晦的方式、手段隐匿起来，做出谜面，使人们以此为依据，动脑分析，猜测被隐匿的事物，这类智力性文艺制品称为"谜语"。猜谜语既是一种文字游戏，也是一种智力活动。

谜语通常由谜面、谜目和谜底三部分组成。如：

长言。（打一字）

谜底：日

在这则谜语中，"长言"就是谜面，它采用隐语的表达方式，供猜谜者分析、联想，寻找隐藏在其中的答案。括号内的"打一字"就是谜目，它规定了谜底的范围，给猜谜者提供了一个思考的方向，就不会使人漫无目的地瞎猜了。显然，"日"字就是这则谜语的谜底。古汉语中"言"就是"曰"，"长曰"就是"日"。

民间谜语谜面的表述一般语言简练、生动形象，且富有趣味性。如：

梦断春日。（打一字）

谜底：春

谜面"梦断春日"的构思非常巧妙，将"春"字中的"日"断开，就是谜底"春"字。这样的表述既充满趣味，又生动形象，一下子就提起了猜谜者的兴趣。

中国的语言博大精深，给制谜创造了良机。随着时代的发展，不断地出现新事物、新词语，这促使谜语的内容不断更新，变得饶有趣味。

历史悠久的民间谜语

| 历史悠久的民间谜语 |

民间谜语历史悠久，在不同的历史时期，其内容和形式不断丰富、发展，形成了蔚然大观的中国谜语文化。

一、民间谜语的早期形态

《吴越春秋》中记载了一首上古歌谣《弹歌》："断竹，续竹；飞土，逐宍。"简短的八个字，就把狩猎的过程生动地描绘出来。有学者认为这可能是中国口头流传下来的最早的谜语，谜底是"打猎"。

《周易》中记载的上古歌谣《归妹·上六》的爻辞："女承筐，无实；士刲羊，无血。"有学者认为它是最早用文字记载的谜语，谜底是"剪羊毛"。它巧妙地展现了牧场上一对青年夫妇剪羊毛的情景。意思是羊毛装在筐里重量很轻，牧民割取羊毛，刀刀下去却不见血。

一则谜语需要具备谜面、谜目和谜底，很显然，这两首歌谣只有谜面，并不是严格意义上的谜语，只能算是

灯谜竞猜

| 谜语

谜语的雏形，但是它们已经具备了谜语"回互其辞"的特点。

春秋战国时期，谜语被称为"廋辞""隐语"。春秋时期文学家、思想家左丘明所著《国语·晋语》中有这样一个故事：

有一天，晋国范武子的儿子范文子很晚才退朝回家。范武子问他："你怎么这么晚才回来？"范文子回答："今天有一位秦国来的客人，在朝堂上出廋辞让大家猜，那些大夫都猜不出来，只有我猜中了三条！"范武子很生气，责备儿子："那些大夫不是猜不出来，而是互相谦让！"范武子越说越生气，就用拐杖打范文子，把他头上的簪子都打断了。

这个故事说明当时已经有猜谜语这个活动了，只是"秦客廋辞"的具体内容没有被记载下来。

战国末期思想家、文学家荀子著有《赋篇》，其中包括《礼》《知》《云》《蚕》《箴》五赋，采用"隐语"的表达方式把这几种事物的特点描绘出来，最后揭开谜底，说明理由。这种问答体的结构与事物谜相似。

到了汉代，文献中记载了一种猜谜游戏——射覆，即把要猜的东西扣在盆碗一类的容器下面，让人猜测里面是什么东西。

据班固所著《汉书》中记载，汉武帝很喜欢射覆游戏，经常叫大臣们陪他玩。有一次，汉武帝把一只守宫（蜥蜴类的动物）扣在盆下让大家猜。大臣们猜了好几次都猜不到，当时著名的文学家东方朔说："臣以为龙，又无角；为蛇，又有足。跂跂脉脉善缘壁，是非守宫即蜥蜴。"汉武帝一听很高兴，赏赐他十匹绢帛。东方朔没有直接说出谜底，而是先描述了守宫的外形特点——像龙却没有角，像蛇但有足。而后他说出了谜底——守宫或蜥蜴。

汉末流传的民谣如："千里草，何青青。十日卜，不得生。"这首民谣用拆字的手法影射董卓将亡，这种手法和后来的字谜已经非常

|海宁花灯|

相像了。

二、隐语演变成民间谜语

据资料记载，谜语在三国时期正式形成。刘勰在《文心雕龙·谐隐》中说："自魏代以来，颇非俳优，而君子嘲隐，化为谜语。"这段文字总结了此前隐语的发展，首次出现"谜语"一词，认为谜语是由"嘲隐"（以讽刺、劝诫为目的的隐喻）转化而来。"俳优"是古代

以乐舞谐戏为业的艺人。可见，老式的滑稽戏已经不流行了，文人更热衷于嘲讽谐趣的隐语，并将其演变成谜语。

《世说新语》中记载了这样一个故事：

曹操和杨修一同去看曹娥碑，看见上面写着"黄绢幼妇，外孙齑臼"八个字。曹操问杨修："你知道这是什么意思吗？"杨修回答："知道。"曹操说："你先别说，让我想一想。"走出三十里路以后，曹操才说："我知道了。"并让杨修说出他的答案。杨修说："黄绢，有颜色的丝织品，这是'绝'字；幼妇，少女的意思，这是'妙'字；外孙是女儿的孩子，这是'好'字；齑臼，盛纳五辛的器具，写成字是

猜谜语的人们

'辤'（同'辞'）。这八个字的意思是'绝妙好辞'。"曹操赞叹道："我的才能不及你，差了三十里。"

后来，这种形式的谜语被称为"曹娥体"。"绝妙好辞"就是利用汉字可拆分的特点来制谜的，这个字谜的构成手法很复杂，说明当时的字谜已经较为成熟。

魏晋南北朝时期，是五言诗发展、成熟的时期，以诗歌形式来制离合体谜风靡一时，不仅一些民歌和乐府诗中有离合体谜，许多著名文人还作有离合体诗。离合体，是汉字字谜的一种编制及猜射体例。这种体例是通过文字的笔画、偏旁部首的增、损、离、合等变化，使谜面、谜底相合。这样的字谜称为离合体谜。

著名诗人鲍照著有三首离合体诗，其中以"井"字为谜底的诗谜堪称绝唱：

二形一体，四支八头。
四八一八，飞泉仰流。

该谜面看起来有些晦涩，但构思非常巧妙。"二形一体"是将"井"字从中间分开，左右和上下都是一样的，由相同的笔画组成。"四支"是指四画，"八头"是指"井"字支出来的八个头。"四八一八"共"五八"，

| 水井 |

"五八"四十，是指"井"字由四个"十"组成。最后一句"飞泉仰流"，是形容人把水从井里汲出的场景，写出了井的特色。

隋唐时期，谶语的使用非常广泛。谶语多用谜语的方式来表达，一些政客借谶语的传播为自己的事业助力。

武则天当政时，很多大臣对此非常不满。李敬业等人要起兵讨伐武则天，为了获得当朝宰相裴炎的帮助，李敬业让诗人骆宾王编了一首童谣：

一片火，两片火。绯衣小儿当殿坐。

这首童谣实际上就是一则谜语，两片火就是"炎"字，"绯衣"就是"裴"字，"当殿坐"暗示裴炎能当上皇帝。

李敬业又派人将这则童谣教给小孩，让他们在京城里到处传唱。裴炎本来就是一个很有野心的人，听了这首童谣，以为自己是天命所归，便毫不犹豫地与李敬业合作起事。后来，两人造反失败，裴炎也因此丢了性命。

唐朝末年，黄巢起义的时候也想借用谶语来助力，他让诗人皮日休以他的名字做谶语：

欲知圣人姓，田八二十一。欲知圣人名，果头三屈律。

这则谶语从谜语的角度来看，是非常难得的。"二十"又作"廿"，加上"一""田""八"，就是"黄"字，"果"字头上加上"巛"就是"巢"字。谜面将"黄巢"二字拆分开，以达到"回互其辞"的效果，想要告知人们，圣人就是黄巢。据说，黄巢因为自己头发卷曲，两鬓的头发短，梳不上去，就以为皮日休在嘲讽他的头发难看，将皮日休杀了。

三、丰富多彩的灯谜、文人谜

民间谜语的流行影响了文人学者，他们也开始运用这种形式进行创作。宋代时，文人学士们的猜谜活动，往往在元宵节举行，谜条多张贴于花灯之上，所以谜语也叫"灯谜"。他们还给"灯谜"起了个美名，叫作"灯虎"。与此相应，把谜面叫作"虎皮"，把谜底叫作"虎骨"，而把猜谜叫作"射虎"或"打灯虎"，意思是说"灯谜"不易猜中，跟射（打）虎一样难。

宋代重文轻武，文人待遇优厚，因此他们有更多的时间留意游戏一类的杂学，猜谜就是他们非常喜爱的一种。

《七修类稿》中说："隐语化而为谜，至苏、黄而极盛。""苏、黄"就是指苏轼、黄庭坚。王安石和苏轼都曾作过谜语，且流传了下来。

有一年夏天，王安石和他的朋友王吉甫在室外乘凉，王安石随口念出一首诗谜：

"户部一侍郎，恰似关云长。上任石榴红，辞官金菊香。"

王吉甫不假思索，立即回敬两句：

"有风不动无风动，不动无风动有风。"

原来这两则诗谜的谜

底都是"扇子"。

苏轼别称苏东坡，他经常和身边的朋友互相打趣、斗巧争胜。

传说有一次，苏东坡与佛印泛舟于河上，吟诗作对。苏东坡看见河边有一条狗在啃骨头，于是计上心来，想捉弄一下佛印。他用扇子指着正在啃骨头的狗，叫佛印看，脸上颇有得意之色。佛印一看，就知道苏东坡又在

捉弄他了，于是把手中那把苏东坡题诗并赠予他的扇子丢进了河里。苏东坡看见佛印如此举动，脸上的得意之色马上烟消云散了。

原来他们在打哑谜，苏东坡叫佛印看河边那条啃骨头的狗，其实是出了一则骂佛印的上联：狗啃河上（和尚）骨。佛印把苏东坡题诗的扇子丢进河里，不但接了苏东坡的上联，还把苏东坡骂了回去：水流东坡诗（尸）。

宋代文人还经常把谜语用在诗词的创作中。秦观在《南歌子》中写道：

玉漏迢迢尽，银潢淡淡横。梦回宿酒未全醒，已被邻鸡催起怕天明。

臂上妆犹在，襟间泪尚盈。水边灯火渐人行，天外

| 扇子

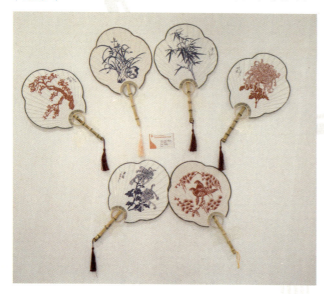

一钩残月带三星。

这首《南歌子》以清新的格调和情致，描写了晨起时情人离别的情景。这首词是写给陶心儿的，最后一句"一钩残月带三星"寓情于景，且影射"心"字，有双关之巧。

谜语在宋代的发展到了空前繁荣的时期。宋代经济发达，朝廷重视节日，一再扩大元宵节放花灯的规模，延长节庆时日，为谜语走向民众节庆活动起到非常重要的促进作用。当时，每逢元宵佳节，到处张灯结彩，家家户户门前都挂有花灯。人们将写有谜语的纸条张贴在灯笼上，供人们观赏猜射，"灯谜"应运而生。此外，还有一种商业表演叫"商谜"，在勾栏瓦肆的表演中

元宵节挂灯笼

占有一席之地，可见谜语在宋代民间流传广泛。

灯谜不断发展，在明代成了主流的文字游戏，上至文人士大夫，下至平民百姓，都以此作为闲暇时的娱乐活动。

谜格，就是猜谜者需按

照规定的格式，把谜底字的位置、读音、偏旁进行一番加工处理后，扣合谜面。灯谜中谜格的使用，也使谜语从长期以来的"俗谜"当家，发展为雅谜、俗谜和谐共荣。

比如以"云"为谜底，谜语（事物谜）是这样的：

时而不见时而有，像龙像虎又像狗。太阳出来它不怕，大风一吹就逃走。（打一事物）

而灯谜（文义谜）是这样的：

悬挂的宫灯

去掉一竖。（打一字）

事物谜的谜面比较通俗，且描述的多是事物的特征，而灯谜则是从字的结构上来制谜的。

薛凤昌在《邃汉斋谜话》中说："唐诗、宋词、元曲、明小说、清灯谜。"可见灯谜在清代十分盛行。近代文学家钱南扬在《谜史》中说："嘉道以降，新声竞唱，而古谜遂衰。"讲明了清代谜语的发展情况。清代谜语的作者一部分是文化素养极高的学者，如《四库全书》总编纪晓岚、著名学者俞樾、况周颐等，这些"高级知识分子"的加入，使得谜语的质量大大提高，但也使谜语出现过分雅化的情况。所谓"新声"指的就是与以往谜语不同的、过分雅化的文义谜，"广征博引""驱使群书"是创制"新声"的基本特点。这个时期，谜事活动活跃，佳谜迭出。

传说乾隆很喜欢制谜、猜谜，经常和纪晓岚一起猜谜。有一次纪晓岚出了一则对联谜语：

白不是，黑不是，红绿更不是，与猪、狗、狐、猴仿佛，既非家畜，又非野兽。

诗也有，词也有，论语上也有，与东、西、南、北不辨，虽属短篇，却是妙文。

上下联各猜一个字，乾隆猜了很久也没有猜出来。其实，上联谜底是"猜"字。五色中不是"白、黑、红、绿"，那就是指"青"，和"猪、狗、狐、猴"相近，就是指"犭"，合在一起是"猜"字，所以说谜底不是一种动物。下联谜底是"谜"字。"诗、词、论语"都有"讠"，不分"东、西、南、北"，就是指"迷"，合在一起是"谜"字，最后道出对"谜"的评价——虽然短小，但是妙文。

著名学者俞樾也作有一则佳谜：

东晋。（打一汉代人名）

谜底：司马迁

西晋是司马氏建立的政权，定都洛阳，后来被北方少数民族所灭，司马氏迁都建康（今南京）建立了东晋。所以"东晋"就是指司马氏迁到南方建立起来的政权，谜底就是"司马迁"。

在清代小说《红楼梦》中也运用了大量的谜语：

身自端方，体自坚硬。虽不能言，有言必应。（打一物品）

这是贾政出的一则谜语，谜底是"砚台"。前两句说的是砚台的外形和材质，后两句说的是砚台的作用。在这则谜语中，曹雪芹其实是借用砚台来比喻贾政顽固守旧、道貌岸然。

还有贾宝玉的灯谜：

南面而坐，北面而朝。

| 人们在猜谜语 |

像忧亦忧，像喜亦喜。（打一物品）

谜底：镜子

四、顺应时代发展的民间谜语

明清时期的谜语发展虽然非常繁荣，但却把谜语与普通群众的距离拉开了。新中国成立以后，谜语在继承传统的同时，融入了许多富有时代气息和生活气息的新内容，又重新回到了人民群众的生活中。如：

制定人口政策。（打一成语）

谜底：国计民生

一枝红杏出墙来。（打一政策）

谜底：对外开放

包罗万象的民间谜语

| 包罗万象的民间谜语 |

民间谜语题材广泛、包罗万象，自然界和日常生活中的多种事物、现象在谜语中都有相应的反映。根据谜语反映事物的性质及其特点，学者们将谜语分成不同的种类。有的学者将民间谜语分为物谜、事谜、字谜三类，有的学者将其分为口头谜、灯谜、特殊形式的谜语三类，还有的学者将其分为字谜、物谜、人名谜三类。

在本书中，我们将民间谜语分为隐射事物的"事物谜"、隐射文字的"文义谜"、两者兼有的"花色谜"三类。其中，"文义谜"主要指人们常说的"灯谜"。

一、最好猜的谜语——事物谜

事物谜，顾名思义，就是以事物本身的特征来隐射的谜语。因为这类谜语一般为口头流传，所以也叫"口头谜"。这类谜语生动形象，编起来简单，猜起来也比较容易，而且谜面朗朗上口、通俗易懂，隐射的都是日常生活中常见的事物，所以在人民群众中流传广泛，深受喜爱。根据谜底的内容，可以将事物谜大致分为：自然现象类、动物类、植物类、人体类、生活类、行为类、医药卫生类、文学类、专名类等。下面举例说明。

1. 自然现象类

一个圆球，挂在空中，四季出现，冬天少见。（打一事物）

谜底：太阳

小时两只角，长大没有角，到了二十多，又生两只角。（打一事物）

衍纸作品——大公鸡

谜底：月亮

千条线，万条线，落在水里看不见。（打一事物）

谜底：雨

2. 动物类

穿红衣，戴红花，叫一声，惊万家。（打一动物）

谜底：公鸡

天热爬上树梢，总爱大喊大叫，明明啥也不懂，偏说知道知道。（打一动物）

谜底：知了

坐也卧，行也卧，立也卧，卧也卧。（打一动物）

谜底：蛇

上不在天，下不在田，心中藏之，玄之又玄。（打一动物）

谜底：蜘蛛

3. 植物类

小树不太高，娃娃爬半腰，半戴红缨帽，身穿小绿

袄。（打一植物）

谜底：玉米

都说家里穷，其实并不穷，珍珠屋内排，全家都穿红。（打一植物）

谜底：石榴

一个小姑娘，长满了头发，雨给她洗头，风给她吹发。（打一植物）

谜底：柳树

4. 人体类

叶子有两片，左右各一边，说话能听着，终生不相见。（打一器官）

谜底：耳朵

平地一座山，望去看不见，手可摸到山顶，脚踏不到山边。（打一器官）

谜底：鼻子

大的分两段，小的分三段，总共算一算，四七二十八段。（打一器官）

谜底：手指

5. 生活类

一只绵羊四只脚，白天休息黑夜跑，天热它要去休

眠，天冷没它受不了。（打一物品）

谜底：棉被

一对小船，实在能干，白天运人，晚上靠岸。（打一物品）

谜底：鞋子

形状不一有圆方，背穿红衣脸光亮，人们要想常整洁，随时请它来帮忙。（打一物品）

谜底：镜子

6. 行为类

五颜六色的纸币。（打一行为）

谜底：花钱

口渴无水思龙井。（打一行为）

谜底：喝茶

忽然心中起，等他又不来，绣花姑娘停针起，读书公子笔下呆。（打一行为）

谜底：打喷嚏

一队胡子兵，当了牙医生，早晚来巡逻，打扫真干净。（打一行为）

谜底：刷牙

7. 医药卫生类

一帖下去，未果，令那胡庸医如热锅上的蚂蚁。（打一医学名词）

谜底：急诊

不分青红皂白。（打一医学名词）

谜底：色盲

8. 文学类

正月十六办婚事。（打一成语）

谜底：喜出望外

绞刑下的报告。（打一文学名词）

谜底：悬念

《女人街》观后感。（打一俗语）

谜底：妇道之见

9.专名类

社会在发展。（打一《水浒传》人名）

谜底：史进

天明再会。（打一亚洲国名）

谜底：约旦

两个大胖子。（打一地名）

谜底：合肥

二、考验才智的谜语——文义谜

文义谜主要是指灯谜，就是从文义的角度来制谜，先对谜面文字的意思进行推敲，再利用汉字一字多义、一词多解的特性，最后运用别解、假借、离合、增损等方法，来隐射谜底。

关于灯谜的起源，在民间还流传着一个有趣的小

猜灯谜

故事：

相传很久以前，有一个财主，人称"笑面虎"。他见到衣着体面的人，就拼命巴结，见到衣衫褴褛的人，就吹胡子瞪眼。有一个名叫王少的青年，曾因去借粮时衣着寒酸，而被他赶出大门。王少回去后越想越气，于是在元宵之夜，扎了一盏大花灯，来到笑面虎家门前。这盏大花灯上写着一首诗。笑面虎上前观看，只见上面写着：

头尖身细白如银，称称没有半毫分。眼睛长到屁股上，光认衣服不认人。

笑面虎看罢，气得面红耳赤、暴跳如雷，嚷道："好小子，胆敢骂我！"便命家丁去抢花灯，王少忙挑起花灯，笑嘻嘻地说："老爷莫犯疑，我这四句诗是一则灯谜，谜底就是'针'，你想

灯谜

想是不是？这怎么是针对你的呢？莫非是'针'对你说的，不然你又怎么知道说的是你呢？"笑面虎没话说了，气得干瞪眼，只好灰溜溜地走了。周围的人都哈哈大笑。不久，这件事便传开了。第二年元宵节，人们纷纷效仿，将谜语写在花灯上，供人猜射取乐。

一则好的灯谜，应该是谜面精炼典雅、构思巧妙、表达准确，有"谜味"且有趣味的。如：

日足下平地。（打一字）

谜底：且

在这则谜语中，太阳的脚踏在平地上，结合谜底"且"字来想，"一"代表平地，"日"生了双足踏在"一"上，就是"且"字。这则谜语生动形象、构思巧

妙，令人忍俊不禁。

研犹有石，岘更无山。姜女既去，孟子不还。（打两个字）

谜底：砚，盖

相传这则谜语是苏东坡所制，"研"字的"石"还在，"岘"字没有了"山"，剩下"见"，合在一起就是"砚"字，"姜"字的"女"不在了，"孟"字的"子"没有了，就组成了"盖"字。这则谜语利用文字的结构来制谜，谜面具有诗的韵味，且准确表达出谜底的字形结构，使人在猜射的同时可以感受到作者文采斐然。

老往下弯。（打一字）

谜底：考

乍一看，这则谜语的谜面没有主语，令人无从下手，什么东西老是往下弯？其实

这则谜语的乐趣就在这里，它的意思是"老"字往下弯，"老"字就成了"考"字。猜谜时觉得多么迷茫，在得知谜底的时候就会感到多么有趣。

三、妙趣横生的谜语——花色谜

除了上述事物谜和文义谜之外，还有一种特殊形式的谜语，即花色谜。

花色谜的特殊之处，就在于其谜面是用其他艺术形式（如书画、音像等）进行装饰，或将谜面实物化、立体化，使制谜的方式更加多样，猜谜的乐趣大大增加。猜射时要将谜面的内容和形式结合起来，才能猜中谜底。

根据花色谜谜面的表现方式可将花色谜分为画谜、实物谜、哑谜、动作谜、印章谜、外文谜、拼音谜、故事谜等。

1. 画谜：顾名思义，是用图画来做谜面的谜语。如：

（打一成语）

谜底：一落千丈

这则谜语谜面的表达有些曲折，图片上是降落伞从高空下落的情景，但结合谜目"打一成语"，并不难猜到谜底就是"一落千丈"。

2. 实物谜：用展示实物的方法让人猜射的谜语。如：

桌子上放着三个容器，

里面盛有水，水面上漂着花朵。（打一夏令用品）

谜底：花露水

实物表达的意思是"花露出水面"，结合谜目"夏令用品"，谜底就是"花露水"。

3. 哑谜：哑谜其实是实物谜的一个分支，从谜面上看，两者并无差异，但它们猜射的方法不同。哑谜猜射的特点是只做动作，不说话。

明代的文徵明和祝枝山，不但见长于书画领域，而且还是猜射灯谜的行家。

相传有一年元宵节，文徵明和祝枝山相约去观赏灯会。这天夜里街上到处悬挂着灯谜，还有人设摊猜谜。

文、祝二人行至一处，只见人头攒动，原来是大家围在一起猜谜。摊主在架子上挂着一只鸟笼，笼中关着一只小鸟，笼子旁挂着一串铜钱，并注明"打一句衙门中的用语"，猜中的人必须通过动作来表示答案，若有人猜中就将铜钱相赠。文徵明稍加思索，上前取下铜钱，要打开笼子放走小鸟，摊主见了连连点头称是。这时，一旁的祝枝山见状，疾步上前，一手抢过文徵明手里的铜钱，一手伸入笼内捉小鸟，不料用力过猛将小鸟掐死了。摊主生气地对祝枝山说："那位公子已经猜对，你何必多此一举。"祝枝山大笑着说道："他猜他的，我猜我的，你身为出谜之人，不该厚此薄彼，吝啬赏钱。"摊主听罢，又拿出了一串铜钱给祝枝山。

原来文徵明猜的谜底是"得钱卖放"（受贿后放人），而祝枝山猜的是"谋财害命"。

4. 动作谜：出谜人自己（或别人）做一个或几个动作，然后让其他人来猜。其难度比哑谜低一些。如：

桌子上有一个橘子、一个苹果和一把小刀，出谜的人先把橘子皮剥开，再拿小刀把苹果皮削去。（打一词语）

谜底：剥削

5. 印章谜：用印章盖在纸上当谜面的谜语。它充分利用了印章的边框、颜色、形状等外部特征，与印文组合在一起，构成谜面。

我国著名书法家黎孟德先生刻制的一方印章谜，颇有意思。谜面巧妙地利用了篆刻中阴文、阳文的特点来制谜。印章的阴文和阳文各刻有一个"不"字，谜目是"打一成语"，谜底就是"不阴不阳"。

6. 外文谜：用外文字母、单词或句子来做谜面的谜语。这是由被称为"谜圣"的张起南创造的一种制谜方法。如：

morning（打一字）

谜底：谭

"morning"就是英语"早"的意思，将"谭"字拆开，就是"言""西""早"，即西方语言中的"早"。

再如：

玦（打一英文字母）

谜底：C

玦，是圆形有缺口的玉佩，形如英文字母中的"C"。

半把剪刀。（打一英文字母）

谜底：Y

瓜儿连着藤，藤儿连着瓜。（打一英文字母）

谜底：Q

7. 拼音谜：利用汉语拼音来制谜。如：

ju（打一戏剧术语）

谜底：道具

谜面是"具"的汉语拼

赶灯会的人们

音，念即"道"，谜底就是"道具"。

8. 故事谜：以讲故事的形式将谜语表达出来，这样的谜语更加容易引起猜谜者的兴趣。如：

从前有一对恩爱的夫妻，丈夫身强力壮，妻子心灵手巧。两人每天辛勤劳动，日子却过得十分贫苦。后来，丈夫被迫外出谋生。临别时，妻子告诉丈夫找到工作之后来信通知她。不久妻子就收到了丈夫的来信，信中说他找到的工作"日行千里，脚不出门"。聪明的妻子看到这里，就伤心地哭了起来。又过了几个月，快要过年了，妻子盼望丈夫能回家团聚。丈夫来信告诉她："若有便船，步行回家。"妻子见信后，眼泪夺眶而出，知道丈夫已经换了更加辛苦的工作。

你知道她丈夫干的是什么工作吗？

谜底：推磨，拉纤

这样看来，故事谜其实就是为谜语添加一些情节，令内容更丰富，增加了谜语的趣味性。

四、让自己变得更聪明——猜谜语的方法

在介绍完谜语的种类之后，我们对谜语有了更加直观的认识，那么到底该怎样猜谜语呢？在介绍如何猜谜语之前，我们先猜一则谜语练练手：

雨。（打一甘肃省地名）

"雨"是天上落下来的水，在甘肃省的地名中，与此相关的地名，只有"天水"。

在猜这则简单的谜语的过程中，我们发现，对谜面

的理解以及对地域名称的熟悉是必不可少的。如果只理解谜面的意思，却对甘肃省的地名所知甚少，那么这则谜语的猜射难度就大大增加了。

虽然猜谜语是一项娱乐活动，但对猜谜者的文化水平以及生活经验也有一定的要求。猜一些浅显易懂的谜语，不需要猜谜者有过高的文化程度，但对于多数文义谜来说，如果猜谜者没有较好的文化基础是不行的。如：

萧何力荐大将才，潘安车出洛阳道。（打一六字成语）

谜底：言必信，行必果

萧何向刘邦保举韩信，刘邦封韩信为大将军；潘安貌美，驾车走在街上，连老妇都为之着迷，将水果往潘安的车里丢，把车都塞满了。"信"别解为"韩信"，"果"别解为"水果"。在这则谜语中用了两个典故和两种别解，如果猜谜者不能准确地掌握这些知识，就无法猜出谜底。

一则好的谜语，不能让人一猜就中，也不能让人一直猜不中，猜出来让人击节赞赏，猜过之后又让人回味无穷。从表面来看，谜语种类繁多，有时让人不知如何下手，但猜谜语其实是有规律和方法的，掌握了这些规律和方法，再通过联想、分析，就不难猜出谜底。

下面，我们就介绍一些常见的猜谜语的方法。

1. 会意法：会意法又分为正面会意和反面会意。正面会意就是根据谜面的意思去思考、分析、推理，使谜面和谜底在某种特定的含义上相吻合，就能猜出谜底；反面会意则是从谜面的反面去猜。如：

画时圆，写时方，寒时短，热时长。（打一字）

谜底：日

画出来是圆的，写出来是方的，天气寒冷的时候人们觉得它"出现"的时间短，天气炎热的时候又嫌它"出现"的时间长。按照谜面的意思，我们很容易就能猜出谜底是"日"字。

再如：

去其糟粕。（打一统计术语）

谜底：纯收入

去掉糟粕，留下的全是精华，从谜面的意思进行反面分析，谜底就是"去掉糟粕"的收入，即"纯收入"。

2. 别解法：利用汉字多音、多义的特点来制谜，这类谜语要求猜谜者必须打破常规。如：

莲心。（打一字）

谜底：车

莲心是莲子中间绿色的部分，如果这样思考，很容易进入死胡同。换一种思考方式，回到谜面上来，"莲"字的"心"，就是指中间的"车"字。这样猜射，便觉得豁然开朗。

3. 增损离合法：将谜面中的某些字增加或减少笔画、分拆或重组，来猜射谜底。如：

我不言语。（打一字）

谜底：吾

减掉谜面"语"中的"言"，就是谜底"吾"字。

分开用。（打一字）

谜底：朋

把"用"字分开，就是两个"月"字，也就是谜底"朋"字。

合二而一。（打一字）

谜底：面

把"二""而""一"组合起来，就是谜底"面"字。

4. 象形法：很多汉字都是从象形字演变而来的，因此有些谜语也是根据汉字的象形特点来制谜的，在猜射时抓住这个特点，就可以猜出谜底。如：

一钩残月带三星。（打一字）

谜底：心

一个"钩"加上三点"星"，这则谜语很形象地描绘出"心"字的象形特点。

5. 用典法：许多谜语，特别是文义谜，都喜欢借用典故来制谜，猜谜的时候要

杨贵妃雕像

了解典故的出处和含义，才能猜出谜底。如：

君王掩面救不得。（打一成语）

谜底：爱莫能助

这句诗出自白居易的《长恨歌》，"君王掩面救不得，回看血泪相和流。"描写的是安史之乱发生后，唐玄宗在马嵬坡受大臣和将士要挟，被逼无奈处死杨贵妃的一幕。了解了这个典故之后，可以很容易猜出谜底就是"爱莫能助"。

6. 漏字法：谜面有时会故意漏掉一两个字，补出漏掉的内容，再通过分析、联想就可以猜出谜底。

传说，宋代宰相吕蒙正没有发迹的时候，穷困潦倒，家徒四壁，亲戚朋友都刻意避开他，唯恐他上门借钱。

有一年春节的时候，吕蒙正写了这样一副对联，贴在门上。上联："二三四五"，下联："六七八九"，横批："南北"。

这副对联其实就是一则漏字谜语，上联缺"一"，下联少"十"，横批没有"东西"，就是"缺衣少食，没有东西"的意思。吕蒙正巧妙地运用漏字谜语，道出了自己生活贫苦。

7. 问答法：当谜面是一个问题时，谜底就是它的答案。如：

望闻问切之后干什么？（打一数学名词）

谜底：开方

中医在望闻问切之后，就要开药方了，数学名词中与开药方相关的，就是开方法。这则谜语也用到了别解法，中医的"开方"别解为数学名词中的"开方"。

8. 承启法：承启法对谜底有特定的要求，即谜底

写对联

|集市上售卖对联的人|

必须与谜面是上下文，或者有承上启下的内在联系。猜射这类谜语需要熟悉古诗词、历史典故，还要善于联想，才能根据谜面推敲出谜底。如：

座中泣下谁最多。（打两个词语）

谜底：司马青衫，一衣带水

该谜面出自大家都非常熟悉的白居易的《琵琶行》，下句是"江州司马青衫湿"。谜目要求猜两个词语，"司马"两个字就在谜底中，知道这句古诗的下句，便很容易猜出"司马青衫"。"一衣带水"也很扣合谜面，与"青衫湿"相照应。

以上这几种方法都是较为常用的，具体使用时还要根据实际情况来运用。谜语的猜射不能完全依赖于照搬方法，更重要的是多猜谜语以积累经验，平时还要注意知识的积累，这样在猜谜语时就会得心应手。

生活中的民间谜语

｜生活中的民间谜语｜

猜谜语是一项有益身心健康而又饶有趣味的文化娱乐活动，千百年来，一直受到人们的喜爱。直到今天，它仍然是人们喜闻乐见的一种娱乐方式，被广泛应用于生活、教育、庆典等活动中，活跃在人们的日常生活中。

一、在儿童教育中的谜语

猜谜语，可以锻炼孩子的逻辑思维能力，激发想象力，增强孩子对事物的推理能力，许多教师、家长通过教授一些简单的谜语来帮助孩子学习知识。如：

一人。（打一字）

谜底：大

四个人搬木头。（打一字）

谜底：杰

这些都是比较简单的识字谜语，通过猜谜语，可以达到识字的目的，寓教于乐。

还有一些生活类谜语，可以帮助孩子认识身边的事物，了解生活常识，激发想象力。如：

猜谜语

47

绿衣汉，街上站，光吃纸，不吃饭。（打一物品）

谜底：邮筒

身穿大皮袄，野草吃个饱，过了严冬天，献出一身毛。（打一动物）

谜底：绵羊

某电视台曾经做过一档少儿益智节目——《风车谜社》，主持人带着小朋友一起猜谜解谜、比拼智力，小朋友可以在比拼中了解中国传统文化，在游戏中开动脑筋、享受乐趣。

市场上还有很多儿童谜语类的图书，如《儿童谜语300则》《谜语大王》《跟妈妈猜谜语》等，这类图书都是针对孩子编写的，符合孩子的认知能力和阅读水平。

随着智能手机、平板电脑的普及，与谜语相关的手机软件也不少，如"疯狂猜谜语""谜语爱闯关"等，这类软件丰富有趣，融知识性、趣味性于一体，互动性更强，方便用户使用。

二、在社会生活中的谜语

在社会生活中，谜语也在为人们服务。在农村，农忙之后许多农民便闲了下来，大家坐在一起聊天时，大人总是会出一些谜语给孩子猜，猜对了就有糖吃。有人曾深情地说过："我生长在农村，在多姿多彩的童年中发生过很多事。有兴奋的事、愉快的事、难过的事、悲伤的事、有趣的事，但最让我难忘的就是和小伙伴们在一起猜谜语的情景。"这些谜语质朴生动，其中饱含着农村的风土人情。如：

小刺猬，毛外套，脱去外套露红袍，红袍裹着毛绒袄，袄里睡个白宝宝。（打一食物）

谜底：板栗

一只乌骨鸡，上屋不用梯，杀无血，剐无皮。（打一动物）

谜底：蚂蚁

葫芦房子麻面墙，两间小屋亮堂堂，东屋住的莺莺姐，西屋住的小红娘。（打一食物）

谜底：花生

不用泥土栽，不用日头晒，不用去施肥，长出好蔬菜。（打一食物）

谜底：豆芽

娘死三年才生我，我死三年娘还在，是木头又不能生火，是耳朵又不会听话。（打一食物）

老大爷正在讲谜语

谜底：木耳

在城市，谜语同样服务于人们的生活。2017年4月，江苏如皋江安镇一所小学里一片欢声笑语，原来是一场有趣的猜字谜活动正在充满书香的校园中如火如荼地进行。老师和学生一起开动脑筋分析、推理，共同感受着汉字的魅力。这些字谜中既有"古字今猜"，也有"看谜猜字"，有趣的活动深深地吸引了孩子们。孩子们有的闭目凝思，有的高声辩论，有的独自斟酌，有的欢呼雀跃……猜对者，喜笑颜开；猜错者，毫不气馁，从头再来。在整场猜字谜活动中，孩子们表现得积极、踊跃，脸上一直洋溢着笑容。

一张张写着谜语的彩色纸条，深藏着中国文化独特的审美理念与传统，这是包含了中国的思维、文字、文学、智慧、趣味的游戏。猜字谜活动不仅丰富了孩子们的知识、开拓了思维，而且进一步加深了孩子们对传统文化的热爱。

2016年6月，福州鼓楼区计生协会携手水部街道在建华社区服务中心开展了猜谜活动。此次活动，工作人员精心准备了近170则谜语，并将大量知识融入其中，内容涉及计生法律法规、优生优育政策、生殖保健知识等。这些谜语简明扼要、易读易

| 孩子们在猜字谜 |

记，引得群众兴致盎然，纷纷加入猜谜活动，现场气氛热烈欢快。这次通过猜谜的形式宣传计生知识的活动得到群众的一致好评，收到了良好的社会效果。

一些公司常常在举办年会时设置猜谜语的环节，既有娱乐大众的效果，又能让员工在娱乐的同时学到知识。

社会上一些谜语爱好者还自发组成了灯谜组织，各地的灯谜组织有的隶属于文联机构，有的隶属于总工会，还有的隶属于民间文学研究会。

三、在传统节日中的谜语

"正月里，闹元宵，挂灯笼，猜灯谜，舞秧歌，乐逍遥。"春节、元宵节是猜灯谜最集中的时刻，全国各地都组织丰富多彩的猜灯谜活动，烘托节日氛围，丰富

城市中的灯会

群众的文化生活。

　　某电视台曾在春节联欢晚会上向观众出谜:

　　从上至下广为团结。(打

猜谜语的老人

一字)

谜底:座

年终算总账。(打一句五言唐诗)

谜底:花落知多少

　　第一则谜语的构思非常巧妙,"从"字在上,加上"至"字的下半部分"土",然后与"广"字"团结"在一起,就是谜底"座"字。

　　第二则谜语妙在别解,谜底是孟浩然的诗《春晓》中的一句:"花落知多少。"谜面"年终算总账",意思是算一算花了多少钱，还剩下多少。

为丰富居民元宵节期间的生活，2015 年 3 月，由青岛崂山区普法办、崂山区司法局和中韩街道办事处共同组织，于元宵节在石老人中心广场举行法治灯谜竞猜活动。崂山区红十字会、崂山区人口与计生局、崂山区人社局、崂山区法律援助中心和山东道安律师事务所等 12 家单位、20 多名工作人员和 600 余名群众参与了此次活动。

活动中的谜语形象生动、通俗易懂。如：

出兵征东吴。（打一民法用语）

谜底：侵权行为

双足并拢，挺胸收腹。（打一法律词汇）

谜底：立法

| 庙会上猜谜语的人们 |

刹住吃喝风。（打一计生用语）

谜底：控制人口

巴黎特使。（打一法律词汇）

谜底：法人

100 多则谜语，内容涉及宪法、刑法、民法、婚姻法、未成年人保护法、人民调解法等多部法律法规的内容。

为渲染氛围，5 支由社区居民自发组成的文艺小分

猜灯谜的人们

队还表演了丰富多彩的节目，腰鼓、秧歌、扇子舞……群众广泛参与，现场气氛其乐融融，令人感受到了浓浓的年味。这一活动既让居民们学到了法律知识，又丰富了业余文化生活，受到一致好评。

2010年元宵节，山东烟台毓璜顶街道文化苑社区举办了"喜迎新春，欢享元宵"主题猜灯谜活动。当天上午9点，社区居民闻讯结伴而来，活动现场喜气洋洋。社区工作人员精心准备了200多则灯谜，内容涉及天文、地理、历史、美术等许多方面，谜面妙趣横生，谜底包罗万象。居民们有的苦思冥想，有的互相讨论。猜对的人还可以获得小礼品，热闹非凡。猜灯谜活动不仅丰富了居民的文化生活，还加强了社区工作人员与居民间的交流，大家在欢乐祥和的氛围中度过了一个难忘的元宵节。

四、在电视、网络中的谜语

中国人自古就有元宵节赏灯猜谜的传统习俗，这一习俗代代相传，并以全新的形式呈现。随着信息技术的进步，电视、网络在人们的生活中愈加重要，谜语也跟随时代的脚步，利用大众传媒以全新的姿态进入人们的视野。

《中国谜语大会》是由中央电视台科教频道自主原创的一档以"猜谜语"为核心内容的全媒体大型文化益智节目，从谜语搜集到团队比拼都面向全国观众，为人们提供了一个猜射谜语的全新平台。节目中通过现场和电视观众同步猜谜来进行互动，一经播出就深受观众

电视节目

喜爱。

动画节目中也有涉及谜语的，如专门猜谜语的节目《情景谜语》，它为儿童教育和谜语传播提供了新的途径。

目前，社交软件逐渐成为人们相互沟通的重要方式，通过谜语表达爱意，显得既浪漫又特别。如：

淮海又见水退时，双人换走阻碍石，月顶右手不见口，青年男女树心旁，世上何物最懂爱。（打一句表达爱意的话）

谜底：难得有情人

这则谜语从谜面上看，上下句的连贯性有些牵强，但它的谜底却是情侣间浓浓爱意的表达。

网络的发展也为谜语的传播和发展提供了新平台。

一些民间组织利用网络创建贴吧、开微博、建立猜谜群，通过多种方式来交流和讨论谜语。如某网站有一个"原创灯谜吧"，网友们在网上可以发表自己的原创谜语，还可以与大家讨论谜语的猜射，每天都有新帖子发布，引来许多人参与。贴吧里还有"年度征稿"和"佳谜评选"活动，鼓励网友们积极参与，营造了健康的网络环境，也使更多人开始关注谜语。

某网站曾以"纪念一段友谊，推广一则好谜"为主题征集谜语，一位网友发布了自己的作品：

无丝竹之乱耳。（打一电器）

谜底：空调

李某无缘参加猜谜会，

后来在群里看到这则谜语，通过作者的提示一步步猜出谜底，因为这则谜语，他与作者结下了深厚的友谊。后来他在帖子中对这则谜语进行了详细的点评："'丝竹之乱'，作者把它简化为'曲调、调子'之'调'字，别解为谜底的'空气调节'之'调'字。'无'即为'空'。因此，谜底就是'空调'。"

在网络平台上，大家原本并不认识，通过一则谜语，结下了美好的友谊，拉近了人与人之间的距离，实在是一桩美事。

与谜语相关的书籍除了儿童教育类的，还有比较系统地介绍谜语的，如李耀宗的《中国民俗文化丛书——民间谚语谜语》、黎孟德的《谜语讲读》等。

五、成为地方文化特色的民间谜语

谜语作为一种深受群众喜爱、短小精悍的口头文学，在长期的流传与发展中形成了一种具有地方特色的民俗文化。下面介绍比较有代表性的青林寺谜语和关东民间谜语。

1. 青林寺谜语

"中国谜语村"——青林寺，这个千余人的村落是中国第一部关于一个村落的谜语集和谜歌集的诞生地。目前，该村已收集整理民间谜语、谜歌、民间故事等一万多则。青林寺位于湖北宜都高坝洲镇，在当地，猜谜语也叫"打灯拔子""猜灯拔子"。作为独特的地域文化，青林寺谜语不仅是一种散落民间的文学形式，而

|老大爷说谜语|

且已经成为当地人的文化习俗。"人人会猜射，事事皆可谜。"青林寺谜语是当地人认识世界、交流感情、表达愿望的一种方式。在人们的日常生活中，谜语建构着村落的形象，强化着村民的价值观和归属感。

在全村1000多人中，经常参与猜谜活动的占村民总数的90%以上。可以说，村民们不论男女老少，都是猜谜活动的参与者和爱好者。

60岁的杨世全虽然只有小学文化程度，却能说出500多则谜语，而且他一家九口都会制谜、猜谜，是名副其实的"谜语之家"。

"谜语篓子"李绪安与廖会远的结合也是因为谜语。廖婆婆家当年向提亲的小伙子出了一则谜语："偶因一语蒙抬举，反被多情又别离，送得郎君归去后，独倚门头泪淋淋。"最后只有李绪安猜中谜底是"伞"，两人因此喜结良缘。

青林寺村民对猜谜活动非常喜爱，不论是在餐桌上、山坡上，还是逢年过节的场合，人们都可以参与谜语的猜射。

"四四方方一块田，田里开了十口堰，十六条乌龙去洗澡，一个青猴子来拜年。"这是一则当地人在婚宴上讲的谜语，谜底是八仙桌上摆的十碗菜、八双筷子和一壶酒。两支迎亲的队伍若是"狭路相逢"，大都有一场精彩的猜谜比试，输的一方为获胜的一方让道，为喜事更添了一丝喜气。

青林寺谜语涉及村民生活的方方面面。如：

隔岭又隔山，两个猴儿来吊颈。（打一行为）

谜底：挑担子

一个东西蛮大蛮大，十六个人才搬得动它，问它是化儿？一个人装得下，好人看到哭哭啼啼，阎王看到笑得打哈哈。（打一行为）

谜底：抬丧

天上乌云转转，地下红花灿烂，一条蟒蛇咬到，累死两个蛮汉。（打一行为）

谜底：打铁

通过青林寺谜语，还可

迎亲的队伍

以看到当地历史文化的印记。通过"三角炉、七蜡烛、钱凿子、风斗"等谜语中提及的词汇，我们仿佛看到了多年以前这个村落的模样。步入新时代，他们借"犁"发誓，要把世界翻过来；多次编谜讲"嫁接"，为的是发展农业生产；赞誉"电灯"的光亮，实际上是在表达对美好前程的向往。

青林寺谜语中的方言体现了浓郁的地方特色，成为其区别于其他地域性谜语的标志。"化儿"是出现频率比较高的词，它的意思是"什么"。"化儿有脚不走路，化儿无脚走天下。"谜底是板凳和船。还有"雀尕儿"（小鸟儿）、"巴到"（挨着）等方言的使用，使得青林寺谜语更加生动鲜活。

在当地，猜谜语不仅仅是一项娱乐活动，还是一种教育方式。乡亲们在制谜时，也将自己的道德标准和做人的要求融入谜语。人们借"竹篙""草鞋"的悲惨遭遇来控诉旧社会对妇女的压迫；痛恨"鹰叼小鸡"的恃强凌弱；赞美"拐杖"的乐于助人……

2. 关东民间谜语

"吃阳间饭，干阴间活。"这则关东民间谜语的谜底是"矿工"。关东指山海关以东的地区，就是我国东北地区。清朝中后期，关内连年荒旱，民不聊生，于是一些关内百姓出关谋生，从事挖煤的工作，这则谜语就是反映矿工生活的——在"阳间"（地上）吃饭，在"阴间"（地下）干活。

闯关东者没有土地，要么挖煤、淘金、垦荒，要么给地主当长工，他们多住在大伙房、长工房。东北地区冬季气候寒冷，气温可达零下30摄氏度，人们劳作一天，夜间闷坐无聊，又没有其他的娱乐活动，就开始斗智猜谜。因此，猜谜在关东地区被称为"破闷儿"。

黑船装白米，送进衙门来，衙门八字开，空船转回来。（打一行为）

谜底：吃瓜子

上山窸窸窣窣，下山捣乱江河，文武百官捉我不到，皇帝老儿奈我如何？（打一自然现象）

谜底：风

第一则谜语用比喻的修辞手法来讽刺衙门对百姓的掠夺。第二则谜语的语言风格更加强烈，表现出人们对统治阶级的不满。

姐俩一般胖，总也不上炕，上炕就顶嘴，顶嘴就打仗。（打一物品）

谜底：棒槌

一物生来平松，洼地尽显英雄，虽然不是忠良将，力保四方定太平。（打一物品）

谜底：木楔（垫炕桌用的物品）

一到入冬，棒槌就派上用场了。东北地区冬季寒冷，过去洗衣服、晾衣服不方便，为了使长时间不洗的厚衣物好拆洗，就采用"浆洗"的方法。将洗过的衣物用淀粉浆好，然后用棒槌锤平，来年拆洗的时候不费力气就可以将脏衣物洗干净。以前东北人多习惯住炕，炕面不平，炕桌放不稳，这时就要用到木楔了。

这两则谜语生动地展示了东北人的生活习俗，语言通俗，富有生活气息。

从南边来个黑大汉，腰里插着两把扇，走一步，扇一扇，阿弥陀佛好热天。（打一动物）

谜底：乌鸦

妇女在推磨

石头层层不见山，路程短短走不完，雷声隆隆不下雨，大雪飘飘不觉寒。（打一行为）

谜底：推磨

这两则谜语读起来非常有趣。谜语中把乌鸦比作腰里插着两把扇子的黑大汉，"阿弥陀佛好热天"的表述让人忍俊不禁。推磨本是辛苦且枯燥的劳动，但在这则谜语中却成了另外一种样子——把推磨发出的声音比作打雷，把磨出的面粉比作大雪。

关东民间谜语的谜面粗犷风趣，涉及生活的诸多方面，展现了东北地区独特的民风和习俗。

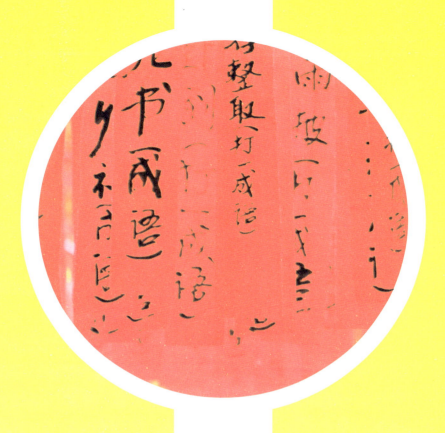

民间谜语趣话

| 民间谜语趣话 |

谜语故事在中国古代盛行，历代史书典籍、小说、稗官野史等均有记载，这些故事大多与中国历史上的名人有关，情节生动、妙趣横生、寓理于事，将故事与谜语巧妙结合，可读性更强，内涵更丰富。

一、温峤猜谜成佳婿

温峤是晋代的才子，进京赶考时，因只顾赶路，错过了宿头，便来到一户人家投宿。这家只有母女二人，女儿玉香虽穿着粗布衣裙，却长得十分美丽。老妈妈问过温峤的来意后，便命女儿

猜灯谜

收拾出一个房间让客人歇息。温峤进了房间，见墙上挂着几幅字画，清雅别致。他掌灯细看，发现在一个条幅上用秀丽的笔迹写着一则字谜：

"一间大厦空又空，里面倒吊齐桓公。"

温峤想了好长时间也没有猜出来，不由得自叹：在家人人都叫我才子，可来到这里，却连这字谜都猜不出，真是天外有天啊！他不觉顺口吟道：

"天无涯学亦无涯，书到用时方恨少。"

这时，玉香给他送茶来，恰巧听到温峤念这句上联，便在转身走出去时假装漫不经心地说了一句：

"细无度精亦无度，事非经过不知难。"

温峤一听，这不正好对应了他刚刚吟的那句上联吗？不禁对玉香更加倾慕。

第二天早上，温峤向这对母女告别，老妈妈不但没收他的住宿钱，反而做了一桌可口的饭菜来招待他。饭后，又拿出女儿写好的下联递给温峤，说："公子愿意写出上联吗？"温峤喜出望外地说："晚生恭心奉命。"便在玉香早已备好的纸上写下了他昨天吟的上联。老妈妈把这副对联挂起来，说："我看你们是天生一对，公子如果愿意，我就收你做我的女婿了。"温峤心里高兴却又不好意思，便说："我还没有猜出屋里的字谜呢！"玉香一听，便害羞地说："那是一个'原'字。"温峤又问："为什么要出这则字谜呢？"

玉香说："'原'为人伦之本，万福之源。齐桓公又名小白，将这两个字的顺序倒过来，便是'原'字中间的部分。"

二、凡鸟的故事

魏晋时期，"竹林七贤"之一嵇康，年少时就很有才华，后来官拜中散大夫，世称"嵇中散"。他为人旷达，喜欢老庄学说。吕安也是孤傲清高之士，两人是志趣相投的朋友。每当想念彼此的时候，虽然远隔千里，也要动身前去探访。

有一次，吕安去看望嵇康，正巧嵇康不在家，他的哥哥嵇喜出来迎接。吕安知道嵇喜这个人与他弟弟不同，为人庸俗，所以看不起他，便不肯进屋去，只在门上写了个"鳳"（凤）字就

学者正在调研民间谜语

走了。嵇喜看见这个字，认为很吉祥，便一直保留在门上。后来，经人提醒嵇喜才明白，吕安是写了一则谜语，"鳳"字是由"凡""鸟"二字组成的，意思是说嵇喜不过是一只庸俗的"凡鸟"罢了。

三、侯白奇谜戏友人

隋朝的官员侯白幽默诙谐，大家常被他逗得捧腹大笑。他说的谜语，妙趣横生，令人回味无穷。一天，侯白和一些文人学士聚到一起，

大家决定猜谜助酒兴，并规定："谜底必须是实物，不得虚解惑众。如果并无此物，那制谜者就应当受罚。"只见侯白略一思索便笑嘻嘻地说：

"此物背和屋一般大，肚子和碗一般大，口和小酒杯一般大。"

刚说完，大家就议论开来："天下哪有这种东西？口像小酒杯那么大，背却像屋子那么大。一定没有此物，

|正在猜谜语的老人|

侯学士该受罚。"

侯白微微一笑，不慌不忙地站起身，领大家到院子里，指着屋檐下的燕子窝说："谜底就是它，你们看像不像？"众人大笑不已。

据说，侯白与大臣杨素颇有交情。侯白机智善辩，杨素常与他说笑逗乐。

有一天，杨素同大臣牛弘退朝回来，在路上碰到了侯白。侯白眼珠一转便装模作样地对他们说：

"日之夕矣！"

牛弘一愣，不知何意，杨素却听出来了，对侯白说："你这个人呀，什么时候都忘不了戏谑别人。"

原来《诗经》中有这么一句："日之夕矣，牛羊下来。"侯白说的"日之夕矣"，隐含"牛羊下来"之意，是

在戏称牛弘、杨素"牛、羊（杨）"退朝下来。

四、苏东坡替小和尚出气

相传，有一次苏东坡在一座山寺门前看到一个眼泪汪汪的小和尚跪在那里，脸上还挂着伤痕。一打听，才知是因给老和尚端茶时，不小心打碎了杯子而受罚。苏东坡心想，佛门本以慈悲为怀，怎能如此对待弟子？便入庙去见住持。这个老和尚一见苏东坡来了，百般殷勤，还拿出笔墨纸砚请苏东坡题字。苏东坡见老和尚满身俗气，甚是厌烦，可又想到小和尚还在门口跪着，便提出要那小和尚来为他磨墨方好动笔，老和尚答应了。苏东坡略一思索，落笔写道：

"一夕化身人归去，千八凡气一点无。"

老和尚看了，认为这是称赞他的修行高深，十分高兴，连声道谢，并把这副对联挂在禅堂里，大肆炫耀。后来，苏东坡的好友佛印云游到此，看了这副对联，不禁一笑。老和尚见佛印如此，忙说："你莫要有眼不识荆山玉，此乃苏东坡亲自来庙为我题的！"佛印听了，更是笑弯了腰。待他止住笑声，便说："东坡的手迹，我焉能不知？不过他编的这两则字谜并非称赞，而是在骂你呢！"老和尚仍不明白，反问："何以见得？"佛印解释说："你看这'一夕'再加上去了人的'化'字，合起来不是个'死'字吗？'千八'是个'禾'字，再加上少一点的'凡'字，是个什么字？"老和尚一听，气得昏了过去。

图书在版编目（ＣＩＰ）数据

民间谜语 / 张成福著 ；杨利慧本辑主编. -- 哈尔滨 ：黑龙江少年儿童出版社，2020.9（2021.8 重印）
（记住乡愁：留给孩子们的中国民俗文化 / 刘魁立主编. 第六辑，口头传统辑. 二）
ISBN 978-7-5319-6515-2

Ⅰ．①民… Ⅱ．①张… ②杨… Ⅲ．①谜语－汇编－中国 Ⅳ．①I276.8

中国版本图书馆CIP数据核字(2020)第172717号

记住乡愁——留给孩子们的中国民俗文化　　　　　刘魁立◎主编
第六辑 口头传统辑（二）　　　　　　　　　　　杨利慧◎本辑主编
民间谜语 MINJIAN MIYU　　　　　　　　　　　张成福◎著

出 版 人：商 亮
项目策划：张立新 刘伟波
项目统筹：华 汉
责任编辑：刘 嘉
整体设计：文思天纵
责任印制：李 妍 王 刚
出版发行：黑龙江少年儿童出版社
　　　　　（黑龙江省哈尔滨市南岗区宣庆小区8号楼 150090）
网　　址：www.1sbook.com.cn
经　　销：全国新华书店
印　　装：北京一鑫印务有限责任公司
开　　本：787 mm×1092 mm　1/16
印　　张：5
字　　数：50千
书　　号：ISBN 978-7-5319-6515-2
版　　次：2020年9月第1版
印　　次：2021年8月第2次印刷
定　　价：35.00元